Les Éditions du Boréal
4447, rue Saint-Denis
Montréal (Québec) H2J 2L2
www.editionsboreal.qc.ca

MAX
ET LE SANS-ABRI

DU MÊME AUTEUR

Bardin retourne au lycée, Hachette jeunesse, coll. « Vertige policier »,
   1998.

Max au Centre Bell, Boréal, coll. « Boréal junior », 2010.

Max et la filature, Boréal, coll. « Boréal junior », 2010.

Olivier Challet

MAX ET LE SANS-ABRI

Boréal

© Les Éditions du Boréal 2011
Dépôt légal : 4ᵉ trimestre 2011
Bibliothèque et Archives nationales du Québec

Diffusion au Canada : Dimedia
Diffusion et distribution en Europe : Volumen

*Catalogage avant publication de Bibliothèque et Archives nationales du Québec
et Bibliothèque et Archives Canada*

Challet, Olivier, 1966-

    Max et le sans-abri

    (Boréal junior ; 105)
    Pour les jeunes.

    ISBN 978-2-7646-2117-2

    I. Titre. III. Collection : Boréal junior ; 105.

PS8605.H337M393   2011   jC843'.6   C2011-941191-1
PS9605.H337M393   2011

Pour Amaury

1

La crise

J'ai bien cru que j'allais mourir, sans même avoir eu le temps de fêter mes dix ans. Je ne mens pas !

Au début des vacances, un lundi après-midi, j'ai commencé à ressentir des douleurs atroces dans le bas du ventre. Tellement que je me suis roulé sur la moquette de ma chambre, à la grande consternation de ma mère.

— Qu'est-ce qui se passe, Max ? Où est-ce que tu as mal ?

Comme si je le savais ! J'ai toujours été nul en biologie, alors comment le deviner ?

— Làààààà… !

J'esquissai un vague mouvement circulaire, à droite de mon nombril. Ma mère s'est approchée et a remonté mon t-shirt trempé de sueur. Doucement, elle a appliqué une légère pression. Je me suis mis à crier de plus belle.

— Qu'est-ce qui m'arrive, maman ? Je vais mourir, je te jure ! Ça fait trop mal !

Je ne savais pas quelle position adopter pour soulager la douleur.

Ma mère ne disait rien, mais j'ai bien vu qu'elle commençait à s'inquiéter. Mon père n'était pas encore revenu du travail. Quant à mon grand frère Bobby, il devait traîner avec ses amis.

Qu'est-ce que nous allions faire ?

— Ne bouge pas, Max. J'appelle le 9-1-1.

Elle est sortie de ma chambre en courant. Je l'ai entendue parler de longues secondes au téléphone, sans réussir à comprendre ce qu'elle disait. Puis elle est revenue me voir.

— L'ambulance devrait être ici dans dix minutes. Ne t'inquiète pas, tout va bien aller.

Tu parles ! On allait venir me chercher en ambulance ! Si ce n'était pas un signe que j'allais mourir, alors qu'est-ce que c'était ?

Mon ventre me faisait horriblement souffrir, mais j'étais incapable de localiser l'endroit précis d'où ça venait.

— J'ai soif, maman…

Un nouvel accès de douleur m'a plié en deux. Je me suis mis à vomir sur la moquette. Ma mère a apporté une bassine ainsi que plusieurs serviettes. Après avoir enlevé mes petites lunettes rondes, j'ai pu me nettoyer le visage comme il faut.

Puis, à mon grand soulagement, j'ai entendu la sirène de l'ambulance. Ma mère est allée ouvrir la porte et, quelques secondes après, deux inconnus se penchaient vers moi et me questionnaient, tout en m'auscultant et en prenant ma tension.

— On va te faire une piqûre, pour soulager la douleur.

La jeune infirmière m'a regardé avec compassion et m'a essuyé le front, pendant que son collègue préparait la seringue.

Ma mère se tenait un peu en retrait et m'adressait de grands sourires réconfortants.

— Qu'est-ce qui m'arrive ? ai-je réussi à demander, alors que l'aiguille pénétrait une veine à l'intérieur de mon bras.

— Ne t'inquiète pas, Max.

Au bout de quelques secondes, la douleur a disparu. Un vrai miracle ! Mes muscles se sont détendus, je me suis senti planer comme un avion. Je crois que j'ai souri à ma mère.

Puis, on m'a placé sur une civière et emmené vers l'ambulance. Pendant ce temps, ma mère s'activait à toutes sortes de préparatifs. J'ai cru voir qu'elle téléphonait à quelqu'un, peut-être à mon père.

Moi, je ne sentais plus rien ! Dehors, les rayons du soleil m'ont réchauffé le visage. Je crois que c'est à ce moment que je me suis endormi.

2

Aux urgences

Quand je suis arrivé aux urgences, c'était comme dans un rêve. J'entendais les gens, je les voyais, mais tout était flou et confus. Ma mère me tenait la main et ne me lâchait pas d'un pouce.

Autour de moi, tout le monde s'affairait dans un brouhaha indescriptible. D'après ce que je comprenais, j'étais allongé sur un lit à roulettes, dans un couloir interminable. Le personnel médical n'arrêtait pas de courir dans tous les sens, d'un malade à un autre.

Régulièrement, un médecin venait pour voir comment j'allais. Non seulement je n'avais plus mal, je ne m'étais jamais senti aussi bien de toute ma vie !

Je lui ai quand même demandé ce que j'avais eu.

— On pense que tu viens d'avoir une colique néphrétique, déclara-t-il.

— C'est grave ?

— Non, je te rassure. C'est plutôt rare chez les enfants, en général ça n'arrive qu'aux adultes. Mais on va bien te soigner, sois sans crainte.

Il fallait bien que ça tombe sur moi !

— Qu'est-ce que c'est, maman, une colique frénétique ? ai-je demandé à ma mère, une fois le médecin reparti.

— Ça s'appelle une colique néphrétique, Max, répondit-elle en souriant. C'est une petite pierre qui se forme au niveau des reins et qui vient boucher un vaisseau de ton système.

— Une pierre ? !

— Un petit caillou, oui. Parfois, il est si minuscule qu'il ne se voit même pas à l'œil nu.

— Et ça peut faire aussi mal que ça ?

Ma mère n'a pas répondu et m'a regardé tendrement. Elle a passé la main sur mon front, puis dans mes cheveux frisés.

— Ne t'en fais pas, Max, tout va bien aller. Dors, maintenant.

Je ne me suis pas fait prier.

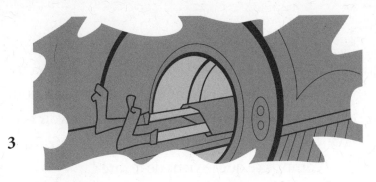

3

Les examens

Soudain, au milieu d'un rêve, j'ai entendu la voix de mon père.

— Max, c'est papa… Tu m'entends ?

J'ai ouvert les yeux, doucement. J'avais l'impression que mon esprit flottait à l'extérieur de mon corps. Un vrai zombie !

— Papa…

Je ne sais pas pourquoi, mais je me suis mis à pleurer. Je ne pouvais pas m'arrêter.

— Ça va aller, Max, ne t'inquiète pas. Ta mère est partie se reposer quelques heures à la maison, mais je vais rester avec toi, en attendant qu'elle revienne.

17

— Il est quelle heure ?

— Trois heures du matin. Les médecins vont t'emmener prendre des radios, c'est pour ça que je t'ai réveillé. Je ne vais pas pouvoir t'accompagner, mais je serai là à ton retour. Tu as compris ce que je viens de te dire ?

J'ai hoché la tête, puis je me suis essuyé les yeux avec un mouchoir.

— Est-ce que ça va faire mal ?

— Non. Le scanner leur permettra simplement de localiser la pierre qui te fait mal.

— D'accord.

Quelques minutes après, une infirmière est venue me chercher. Mon père m'a embrassé sur le front.

— À tout à l'heure, Max. Tu verras, tout ira bien.

Et mon lit s'est mis à avancer tout seul. Sur ma droite, je pouvais voir les autres malades qui, comme moi, attendaient leur tour. Il y avait beaucoup de personnes âgées. Une vieille dame s'est mise à crier, je me suis bouché les oreilles pour ne pas l'entendre. À certains endroits, il n'y avait presque pas de lumière. C'était sinistre !

Nous avons franchi plusieurs portes pour finalement atterrir dans une salle d'opération toute blanche.

— Écoute-moi bien, Max, m'a dit l'infirmière. Tu ne vas rien sentir, mais il est très important que tu ne bouges pas, d'accord ?

— Oui.

— C'est bien, mon petit.

— Il faut que je me lève ?

J'étais tellement bien sur mon lit à roulettes – mieux qu'à la maison ! – que je n'avais pas envie de bouger.

— Oui. Attends, je vais t'aider.

Elle m'a pris par le bras et j'ai réussi à descendre. J'ai remarqué que je portais une chemise d'hôpital toute blanche ; on avait dû me l'enfiler pendant que je dormais.

— Allonge-toi ici, maintenant, et surtout ne bouge pas.

J'ai obéi sagement et je me suis étendu sur l'espèce de plate-forme qu'elle me désignait. Soudain, un bruit de moteur s'est fait entendre. Au-dessus de ma tête, j'ai vu une arche métallique qui s'est mise à se promener d'avant en arrière le long de mon corps. Ça devait être le scanner. Mes amis Benoît et Simon n'allaient pas en revenir, demain, quand je leur raconterais mon périple à l'hôpital.

— Et voilà ! m'a annoncé l'infirmière. C'est fini !

— Déjà ?

— Tu vois bien que ce n'était pas grand-chose.

Je suis remonté sur mon lit à roulettes, et nous avons fait le chemin en sens inverse. Mon père m'a accueilli avec un grand sourire.

— On retourne à la maison ? lui ai-je demandé.

— Pas encore, non. Il faut attendre le résultat du scanner. D'ici là, tu dois continuer à dormir.

Tu parles, je n'attendais que ça ! J'ai fermé les yeux, tandis que mon père m'embrassait sur le front.

4

Le réveil à l'hôpital

J'ai dormi comme un loir. Lorsque j'ai rouvert les yeux, il y avait toujours autant d'activité autour de moi. Impossible de savoir s'il faisait encore nuit, car aucune fenêtre ne donnait sur l'extérieur. Une horloge accrochée au mur indiquait dix heures et demie. Du matin ou du soir ?

— Ça va, Max ?

Je sursautai : je n'avais pas vu ma mère, derrière mon lit. Elle s'est levée et est venue m'embrasser.

— Tu sais, nous allons pouvoir rentrer à la maison, dès que tu te sentiras bien.

— Et la pierre ?

— Tu l'as évacuée cette nuit, en allant faire pipi. Tu ne t'en souviens pas ?

Non, je ne m'en souvenais pas.

— Elle était grosse ?

— Minuscule. À partir de maintenant, tu devras boire beaucoup d'eau pour que ça ne se reproduise pas. Mais on en reparlera à la maison, au calme.

J'ai hoché la tête.

— Et papa, il est reparti ?

— Il avait un rendez-vous important pour son travail, ce matin. Il t'embrasse très fort, tout comme Bobby.

Je me suis assis sur mon lit.

— On peut y aller, tu sais. Je me sens bien.

Ce n'était pas tout à fait vrai, mais je ne voulais pas faire attendre ma mère.

— Tu en es sûr ?

— Oui.

Quelques minutes plus tard, une infirmière est arrivée : elle voulait s'assurer que je pouvais me lever. Les autres patients dans le couloir m'ont regardé de travers. Ils n'avaient pas la même chance que moi !

Ma mère m'a pris par le bras et nous avons quitté le service des urgences.

5

Le sans-abri

Dehors, le soleil brillait dans le ciel bleu. Il faisait très chaud. Nous étions début juillet, et, d'après ce que j'avais entendu à la télévision, tous les records de température étaient déjà battus.

Quelle expérience ! J'allais me souvenir longtemps de ma première visite dans un hôpital.

Alors que nous nous dirigions vers la voiture garée dans le stationnement, un homme s'est approché de nous. On aurait dit un clochard.

— Faites attention, ne revenez jamais par ici…, a-t-il grondé. Ils ont eu ma Vicky, vous savez ! Ils ont eu ma Vicky !

— Ne fais pas attention à lui, a dit ma mère. Allez, dépêche-toi.

— Ils ont eu ma Vicky, a répété le clochard.

— Viens, Max !

Nous avons pressé le pas, mais le clochard nous suivait toujours. Je ne me sentais pas tranquille.

— Ne vous approchez jamais de ce bâtiment, a-t-il crié derrière nous.

Je me suis retourné et j'ai vu qu'il pointait un édifice ultramoderne, à côté de l'hôpital.

Ma mère m'a tiré par le bras.

— Tu vois bien que c'est un sans-abri qui raconte n'importe quoi. Allez, rentre dans la voiture. Tu as eu assez d'émotions depuis vingt-quatre heures !

J'ai obéi bien sagement. En partant, j'ai croisé le regard de l'homme. Nous ne l'entendions plus, mais ses lèvres bougeaient sans répit.

— Ils ont eu ma Vicky, répétait-il inlassablement.

Et son bras continuait de pointer le fameux bâtiment à la structure étincelante.

6

Tranquille à la maison

À notre arrivée, mon frère Bobby nous attendait.

— Hey, *man,* comment ça va ? m'a-t-il demandé.

Bobby vient de terminer son secondaire 5, mais il ne sait pas ce qu'il veut faire l'année prochaine. Ça ne l'inquiète pas, contrairement à mes parents. Surtout mon père.

— Ça va bien, Bobby !

— C'est cool…

Il m'a tendu le poing, comme il le fait avec ses amis. Ça m'a fait plaisir. J'ai tendu le poing moi aussi, et nous avons scellé nos retrouvailles. Ma mère a souri.

— Viens, m'a-t-elle dit. Je vais te préparer un grand bol de chocolat chaud, avec des toasts.

J'avais une faim de loup, ça tombait bien ! Je suis allé m'installer à la table de cuisine, sans même passer par ma chambre. Bobby est venu s'asseoir à côté de moi.

— Pis, *man*, c'est comment, l'hôpital ?

Je ne savais pas quoi dire.

— Il y a du monde partout dans le couloir, ai-je répondu au bout de quelques secondes.

— Dans le couloir ? !

— Oui. C'est là que j'ai dormi.

— Ouache ! C'est pas cool !

— Il n'y a pas assez de lits dans les urgences, a expliqué ma mère. C'est un problème très répandu. Nous avons eu beaucoup de chance, car Max a quand même été soigné rapidement et il a pu avoir un lit, même s'il était dans le couloir. Et ça ne l'a pas empêché de dormir, d'après ce que m'a dit votre père !

Bobby a rigolé. Moi, j'ai rougi.

Pour changer de sujet, je me suis mis à parler du clochard à la sortie de l'hôpital.

— Quand on a quitté les urgences, tout à l'heure, on est tombé sur un clochard.

— Un sans-abri, Max, a corrigé ma mère.

— C'est quoi, la différence ?

Elle a réfléchi quelques instants.

— Eh bien… C'est un peu la même chose, mais le mot *clochard* est péjoratif.

Je ne comprenais pas.

— Qu'est-ce qu'il voulait ? a demandé Bobby.

— Il n'arrêtait pas de répéter : « Ils ont eu ma Vicky… Ils ont eu ma Vicky… »

— Ayoye… C'est capoté, *man* !

— Les enfants, a coupé ma mère, je ne veux plus entendre parler de ce clo… de ce sans-abri, d'accord ?

J'ai baissé les yeux. Puis, ma mère a rempli nos bols, et j'ai dévoré mes toasts en silence. J'avais une de ces faims ! Comme si je n'avais pas mangé depuis une semaine.

À la fin du déjeuner, j'ai eu droit à une panoplie de consignes médicales.

— D'abord, Max, il va falloir que tu te reposes. Donc, aujourd'hui, pas question que tu sortes avec Benoît et Simon, d'accord ?

— Mais mam…

— C'est sans appel.

— Je pourrai au moins les appeler, pour les prévenir ?

— D'accord, mais pas plus de cinq minutes. Et en ce qui concerne l'eau que tu dois boire…

Ma mère s'est dirigée vers le comptoir. Sept grosses bouteilles y étaient alignées, les unes à la suite des autres, avec une étiquette collée sur chacune d'entre elles : lundi, mardi, mercredi, jeudi, vendredi, samedi, dimanche.

— Chaque jour, tu devras boire au complet la bouteille correspondante, et ce, pendant tout l'été.

— Mais, maman, c'est énorme ! Je vais gonfler comme une grenouille ! Et puis je ne vais pas arrêter de faire pipi !

Bobby a bien rigolé.

— Chaque être humain doit consommer au moins un litre et demi d'eau par jour, a poursuivi ma mère sans tenir compte de ma remarque.

— Même les enfants ?

— Oui, c'est le docteur qui l'a dit. L'important, c'est que tu boives régulièrement, toutes les heures. Il ne faut pas boire toute la bouteille d'un seul coup !

— Tu as déjà vu une grenouille exploser, *man* ? m'a demandé Bobby en riant.

— Bobby, ce n'est pas amusant, a coupé ma mère. D'ailleurs, je compte sur toi pour donner l'exemple, pour une fois. Tu ferais bien de boire plus d'eau toi aussi, si tu ne veux pas te retrouver à ton tour à l'hôpital.

Bobby a fait la moue, il ne trouvait plus ça drôle.

7

Benoît et Simon

L'après-midi, j'ai eu droit à une bonne surprise. Ma mère a finalement accepté que Benoît et Simon me rendent visite à la maison.

L'école venait à peine de se terminer, mais mes deux amis s'ennuyaient déjà. Heureusement, nous n'habitions pas loin les uns des autres. Nous espérions donc nous voir très souvent durant l'été. Je leur ai raconté mes péripéties à l'hôpital. Ils n'en revenaient pas !

— Est-ce que ta mère a gardé la pierre ? a demandé Benoît, fasciné.

— Est-ce que tu dois retourner à l'hôpital ? a poursuivi Simon.

Non, ma mère n'avait pas gardé la pierre, et oui, j'allais devoir retourner à l'hôpital le lendemain, pour de nouvelles analyses. Mais c'est surtout l'histoire du sans-abri qui retenait leur attention.

— Qu'est-ce que ça peut bien vouloir dire ? a marmonné Simon. « Ils ont eu ma Vicky… » C'est bizarre, non ?

J'avoue que moi aussi, je trouvais ça mystérieux.

— On pourrait se renseigner, a lancé Benoît du bout des lèvres. L'hôpital n'est pas très loin, et puis ça occuperait nos vacances…

Simon et moi avons chaudement accueilli son idée. Nous allions commencer à élaborer une stratégie lorsque ma mère a fait irruption dans la chambre.

— Les enfants, il va falloir rentrer chez vous maintenant. Max doit se reposer, après la nuit qu'il vient de passer. Vous aurez bien le temps de vous voir au cours des prochains jours !

Je les ai raccompagnés, et j'en ai profité pour

boire un autre verre d'eau. Une vraie éponge !
Puis, je suis remonté me coucher, tout excité :
dès demain, nous irions enquêter sur ce sans-
abri.

8

De retour à l'hôpital

À sept heures et demie, le lendemain matin, nous faisions déjà la queue à l'hôpital, au service des prélèvements. Il y avait beaucoup de monde. Ma mère a pris le numéro 83 ; on s'occupait du numéro 61. Plus de vingt personnes avant que ce soit notre tour ! C'était décourageant !

Nous n'étions pas au même endroit que la veille. Je n'avais pas reconnu le stationnement. De plus, il n'y avait aucune trace du bâtiment que le sans-abri avait pointé. Comment allais-je pouvoir mener l'enquête ?

— Maman, je ne me sens pas très bien, ai-je

dit au bout d'un moment. Il fait chaud ici, et puis tout le monde a l'air malade…

Ma mère a haussé les épaules.

— C'est un hôpital, tu sais !

— Est-ce qu'on ne pourrait pas sortir un peu, pour prendre l'air ?

J'ai bien vu que ma mère hésitait, à cause des numéros. J'ai insisté.

— On en est au numéro 63, ça va nous prendre encore au moins deux heures !

Ma mère a regardé sa montre, puis elle a hoché la tête.

— D'accord, Max, on va faire un tour. Mais pas plus de quinze minutes, O.K. ?

— Je peux boire un peu d'eau avant de sortir ?

— Juste une petite gorgée, n'oublie pas que tu dois rester à jeun.

Elle a sorti une bouteille de son sac, et j'ai bu directement au goulot. Lorsque nous avons quitté la salle, l'infirmière à l'accueil nous a regardés de travers.

— Si vous revenez trop tard, vous devrez reprendre un numéro !

Dehors, la chaleur nous a paru suffocante, même s'il n'était pas encore huit heures. Le stationnement était presque plein. Je ne savais pas qu'il y avait autant de malades à Montréal !

— Est-ce que c'est loin, les urgences, maman ?

— Pourquoi, Max ?

— J'aimerais bien y retourner, juste pour voir…

Ma mère a froncé les sourcils et m'a dévisagé avec des yeux tout ronds. Je n'aime pas quand elle fait ça.

— Bon, si tu veux.

J'ai souri. On a marché le long du bâtiment principal jusqu'à un porche, que nous avons franchi pour rejoindre un nouveau stationnement. L'édifice ultramoderne se trouvait juste derrière ! Mon cœur s'est mis à battre un peu plus fort.

— Les urgences sont là-bas, a indiqué ma

mère en tendant le bras dans une autre direction.

Je m'en fichais, ce n'était pas ce que je voulais repérer. Et soudain, j'ai vu le sans-abri.

9

La porte d'entrée

— Alors, Max, tu viens ?

Je n'arrivais pas à détacher mon regard de l'homme. Il tournait en rond devant l'édifice aux structures rutilantes, ne sachant apparemment pas quoi faire. Il marchait la tête basse, en levant de temps en temps les bras au ciel. On aurait dit un fou en train de délirer !

— Eh bien, Max, qu'est-ce que tu as ?

J'ai suivi ma mère jusqu'à l'entrée des urgences. Une ambulance est arrivée au même moment, et nous avons dû nous serrer le long du mur.

— Allez, viens, Max, a ordonné ma mère.

Ça suffit. Maintenant, il faut qu'on retourne dans la salle d'attente, si on ne veut pas perdre notre tour.

Au même moment, le sans-abri a poussé la porte de l'édifice ultramoderne et a pénétré à l'intérieur.

10

Le mystère s'épaissit

De retour à la maison, après m'être jeté sur la nourriture et la bouteille d'eau que m'avait préparées ma mère, je ne tenais plus en place. Je devais trouver un moyen pour découvrir ce que cachait le bâtiment ultramoderne.

L'après-midi, ma mère est venue me trouver dans ma chambre, alors que je lisais le dernier tome de *Harry Potter*.

— Max, je vais devoir te laisser, il faut que j'aille magasiner.

— Bobby n'est pas là ?

— Il est dans sa chambre, mais je crois que lui aussi va devoir s'absenter. Je compte sur toi pour rester bien tranquille, d'accord ?

— Oui, maman.

— Ce ne sera pas long, je te rassure. Tu dois te reposer, c'est tout ce que tu as à faire.

— Bien, maman…

Elle m'a embrassé sur le front, puis elle est partie. Quelques minutes après, j'ai entendu sa voiture démarrer. La maison s'est retrouvée plongée dans le silence le plus total.

Je m'apprêtais à poursuivre ma lecture lorsque Bobby a fait irruption dans ma chambre.

— Il faut que je parte, *man,* a-t-il déclaré.

— Déjà ?

— Oui.

— Bon, d'accord.

C'était une occasion rêvée ! Mon frère a dû soupçonner quelque chose, car il m'a regardé de travers.

— Tu es sûr que je peux te laisser tout seul, *man* ?

J'ai hoché la tête plusieurs fois, en évitant de sourire. Puis, il est parti lui aussi.

Enfin seul. Je me suis précipité vers le téléphone.

J'ai appelé Simon, car je savais que ses
parents étaient absents pour la journée. Je ne
risquais donc pas de tomber sur eux.

— Comment ça va, Simon ?

— Bien, et toi ? Tu as revu le clochard ?

— Oui…

Je lui ai raconté en détail mon expédition du
matin.

— Il faut absolument qu'on aille voir ce qui
se passe là-bas, a-t-il conclu.

— Je suis bien d'accord avec toi, mais moi,
je ne peux vraiment pas partir. Ma mère ne va
pas tarder à revenir, et si je ne suis pas là à son
retour, elle va paniquer.

— Alors, je vais y aller.

— Tu en es sûr ?

— Certain.

— Quand ?

— Tout de suite !

Simon n'habitait lui aussi pas très loin de

l'hôpital, à une quinzaine de minutes de marche.

— Mais c'est peut-être dangereux ! ai-je soufflé.

Je l'ai entendu rigoler.

— Je ne suis pas une lavette, tu sais !

Je ne savais pas quoi dire. En fait, j'aurais bien aimé y aller avec lui ! Mais après tout ce qui venait de m'arriver, je ne me sentais pas capable de désobéir à ma mère.

— Tu fais attention, d'accord ?

— Je te le promets, Max. Croix de bois, croix de fer, si je mens, je vais en enfer.

— Tu me rappelleras à ton retour ?

— Promis.

Après avoir raccroché, j'ai voulu reprendre ma lecture, mais je n'y arrivais pas. Je n'étais pas tranquille. Que pouvait donc cacher cet édifice si étincelant ? Pourquoi le sans-abri y était-il retourné, si c'était dangereux ? Et qui était Vicky ?

Je suis descendu à la cuisine pour boire de

l'eau. Mon ventre ne me faisait plus du tout mal, comme si je n'avais jamais été malade.

Puis, je suis remonté dans ma chambre. Je crois que je me suis endormi, car le téléphone m'a réveillé en sursaut. Combien de temps s'était écoulé ? Je n'en avais aucune idée.

C'était Simon, il avait une drôle de voix.

— Alors ? lui ai-je demandé.

— Eh bien, j'y suis allé…

— Mais raconte !

Je sentais bien qu'il était arrivé quelque chose.

— Eh bien…

— Tu as vu le sans-abri ?

— Non. Par contre, j'ai vu ton frère, Bobby.

— Hein ? !

— Tu as bien entendu. Je l'ai vu entrer dans le bâtiment dont tu nous as parlé. Il a poussé la porte d'entrée et il a disparu à l'intérieur.

Mes oreilles se sont mises à bourdonner, mon cœur s'est emballé.

11

Toute une découverte !

— Tu es sûr que c'était Bobby ?

— Évidemment !

Je n'arrivais pas à le croire.

— Qu'est-ce que tu as fait, ensuite ?

— Eh bien, je l'ai suivi…

— Hein ?

Je n'en revenais pas ! Simon avait pénétré lui aussi dans le fameux bâtiment, tout juste derrière mon frère !

Les paroles du sans-abri me revenaient sans cesse à l'esprit : « Ils ont eu ma Vicky… Ils ont eu ma Vicky… » Quelle histoire ! J'attendais impatiemment que Simon me raconte la suite.

— Vas-y, continue !

— C'est une sorte de laboratoire, a poursuivi Simon. Enfin, quelque chose comme ça…

— Un laboratoire ?

— Oui, je crois. À l'intérieur, il y avait une salle d'attente. Dès que je suis entré, plusieurs personnes se sont retournées et m'ont regardé de travers, comme si je n'avais rien à faire là. J'ai pris peur et je me suis enfui…

— Est-ce que tu as eu le temps de voir Bobby ?

— Oui, il discutait avec une infirmière.

— Il t'a vu, lui ?

— Non.

— Certain ?

— Certain, oui.

— Ouf !

Je commençais à avoir des sueurs froides. Que faisait Bobby dans ce laboratoire ? Était-il malade ? Je n'y comprenais rien, d'autant qu'il n'avait jamais parlé de se rendre à l'hôpital. En tout cas, je n'étais pas au courant, et quelque chose me disait que mes parents ne l'étaient pas non plus.

— Et le sans-abri, tu l'as vu lui aussi ?

— Non, m'a répondu Simon. J'ai aperçu seulement quelques personnes dans la salle d'attente.

— Combien, environ ?

— Une dizaine, peut-être.

— De quoi avaient-elles l'air ?

— Il y avait des adultes. Et aussi une clocharde, qui m'a regardé d'un drôle d'air.

Je ne comprenais toujours pas.

— Est-ce que tu as vu des affiches ou des écriteaux qui expliqueraient à quoi sert ce laboratoire ?

— Je n'ai pas eu le temps, je suis désolé. Qu'est-ce que tu veux qu'on fasse, maintenant ?

— Je n'en sais rien, Simon. Il va falloir que je réfléchisse.

J'ai raccroché, soucieux. Je n'avais aucune idée de la manière dont j'allais m'y prendre pour éclaircir ce mystère, mais j'allais le faire.

Le questionnement

Mon frère est arrivé juste à temps pour le souper. Il n'avait vraiment pas l'air dans son assiette.

— Qu'est-ce qu'il y a, Bobby ? s'est enquis mon père. Tu devrais être heureux, c'est les vacances !

— Ouais, je sais…

— Alors, qu'est-ce qui ne va pas ?

Bobby a commencé à manger sa soupe en silence, tandis que mes parents le dévisageaient.

— Tu es malade ? a demandé ma mère. Tu ne te sens pas bien ? Ne me dis pas que c'est une colique néphrétique, ce n'est pas contagieux !

Ma mère a ri de sa propre blague.

— Je vais devoir aller travailler deux ou trois jours, a dit Bobby en posant sa cuillère.

Mon père a souri.

— Travailler ? Mais c'est formidable, ça ! Où exactement ?

— Chez un de mes amis, Félix. Il emménage cet été dans un nouvel appartement, près du cégep. Il veut refaire toute la peinture. J'ai dit que j'irais l'aider. On dormira sur place, ce sera plus pratique.

Mon père souriait un peu moins qu'au début. Moi, je ne sais pas pourquoi, je ne croyais pas un mot de cette histoire.

— Mais tu n'as jamais fait de peinture de ta vie ! a argué mon père.

Bobby a haussé les épaules.

— Ce sera l'occasion, justement. Je devrais être de retour samedi ou dimanche.

Je ne savais pas quoi penser. D'un côté, je me faisais peut-être des idées. Si ça se trouve, Bobby allait effectivement travailler chez son ami.

Mais d'un autre côté… Comment savoir ? Il

fallait que je parle à Bobby directement, sans que mes parents soient présents.

— Quand comptes-tu partir ? a demandé mon père.

— Demain matin, assez tôt. Plus vite nous aurons fini, mieux ce sera.

— Si je comprends bien, tu nous mets devant le fait accompli, c'est ça ?

Ma mère a pris la défense de mon frère.

— Tu as notre entière bénédiction, Bobby. Ce que tu vas faire est très bien. Je préfère te savoir chez ton ami à faire de la peinture plutôt qu'ici à chatter à longueur de journée !

Le repas s'est terminé sans que nous revenions sur le sujet. Puis, Bobby s'est levé.

— Il faut que j'aille me coucher, demain je me lève tôt. Tu pourras me réveiller en même temps que toi, papa ?

La situation me glissait entre les doigts. Je n'allais pas pouvoir parler à mon frère avant qu'il s'en aille, ni savoir pourquoi il s'était rendu à l'hôpital durant l'après-midi !

— D'accord, Bobby, j'irai te réveiller demain matin. Comme ça, pour une fois, nous déjeunerons ensemble ! Eh bien, Max, tu ne dis pas au revoir à ton frère ? Tu sais que tu ne le reverras pas avant deux ou trois jours !

Je me suis levé et j'ai embrassé Bobby. J'ai failli lui dire quelque chose, mais les mots sont restés coincés dans ma gorge. C'était moi, la lavette !

Je suis allé me coucher à mon tour. Je n'ai pas réussi à m'endormir avant un moment, j'étais bien trop préoccupé.

Comment percer ce mystère ?

13

Conseil de guerre

Le lendemain matin, j'ai décidé de passer à l'action. Comme je me trouvais seul avec ma mère, c'était plus facile.

— Maman, je peux passer l'après-midi chez Simon ?

— Max, enfin, tu n'es pas encore rétabli !

— Mais maman, je me sens très bien ! Et puis le docteur l'a dit, je ne risque pas d'avoir une nouvelle colique dans les prochains jours : la pierre est partie, et le scanner n'en a pas détecté d'autre.

J'ai pris mon air de chien battu. Ma mère m'a regardé tendrement.

— Bon, d'accord, a-t-elle répondu au bout de quelques instants. Je t'emmènerai chez lui vers deux heures et j'irai te chercher vers cinq heures. D'accord ?

Je lui ai sauté au cou pour l'embrasser.

— Tu es sûr qu'il est chez lui, au moins ? a-t-elle ajouté. Tu ferais peut-être mieux de l'appeler.

J'ai hoché la tête, puis je me suis dirigé vers le téléphone. Simon a décroché aussitôt.

— C'est Max. Je peux venir cet après-midi ?

Tu parles, il n'attendait que ça !

— Évidemment ! Et ton frère Bobby, tu as pu lui parler ?

— Je te raconterai.

— Ta mère est à côté, c'est ça ?

— Oui. Je viendrai vers deux heures, O.K. ?

— Pas de problème. Je vais appeler Benoît pour qu'il vienne lui aussi. On pourra retourner à l'hôpital, si tu veux !

Je n'ai pas répondu, mais pour moi c'était une chose certaine : oui, nous allions retourner voir l'édifice ultramoderne. Pour fêter ça, je suis allé boire une grande lampée d'eau !

14

L'expédition

Comme prévu, Benoît, Simon et moi nous sommes retrouvés en début d'après-midi. Aussitôt, nous avons mis Benoît au courant de la situation. Nous devions élaborer une stratégie au plus vite.

— Je propose une surveillance, a suggéré Simon. On se rend à l'hôpital, puis on se poste tous les trois à des endroits différents, et on observe les allées et venues autour du bâtiment.

— Si ça ne donne rien, a continué Benoît, alors je pousserai la porte à mon tour pour voir ce qui se trouve derrière. Après tout, si c'était secret, on ne pourrait pas y entrer comme dans un moulin !

C'était une excellente observation.

— O.K., on fait comme ça. Mais je ne veux pas qu'on prenne de risque, d'accord ?

— Qu'est-ce qui t'inquiète, Max ? a demandé Simon, qui voyait bien que je faisais une drôle de tête.

— …

— C'est ton frère Bobby ?

— …

— Tu crois qu'il a menti à propos de cette histoire de peinture ?

Je ne le savais vraiment pas, toute cette histoire me laissait perplexe.

— Allez, on y va, ai-je répondu.

Nous avons pris la direction de l'hôpital. Nous avons marché rapidement, par le chemin le plus court, car nous savions que le temps était compté.

J'espérais que nous n'allions pas tomber sur Bobby, car dans ce cas j'aurais bien du mal à expliquer ma présence à cet endroit. Et lui aussi, sûrement !

Enfin, nous sommes arrivés sur les lieux. Le bâtiment se dressait toujours telle une forteresse étincelante aux parois de verre trempé et de béton.

15

La surveillance

À trois heures, sous un soleil de plomb et une chaleur infernale, nous étions tous les trois bien installés à nos postes respectifs, en train de surveiller le bâtiment renfermant le soi-disant laboratoire.

J'étais le plus proche de la porte d'entrée, adossé à un tronc d'arbre. Benoît et Simon, eux, surveillaient les faces latérales. Nous avions choisi des endroits qui nous permettaient de nous voir en permanence.

J'avais apporté mon sac à dos, avec à l'intérieur la bouteille d'eau portant la mention « jeudi ». Mais elle était déjà aux trois quarts vide, et j'avais peur d'en manquer. Je buvais non pas par devoir, mais bien parce que je suais à grosses gouttes et que j'étais assoiffé !

Les lieux étaient déserts, aucune trace du sans-abri. Au bout d'une demi-heure, rien ne s'était encore produit. Personne n'était entré ni sorti de l'édifice. Quelle déception ! Je voyais bien que Benoît et Simon commençaient à s'impatienter eux aussi. Ils ne tenaient plus en place !

Soudain, la porte d'entrée s'est ouverte. J'ai retenu mon souffle. Une jeune fille est sortie, avec des cheveux roux crasseux et un anneau dans la paupière gauche. Un peu comme Sarah, l'ancienne blonde de Bobby, mais en moins propre.

Simon m'a regardé d'un air qui voulait dire : « On fait quoi ? » J'ai haussé les épaules. Je n'en savais rien. Quel idiot ! Notre stratégie était vraiment nulle ! La fille est partie, et nous avons repris notre surveillance.

Puis, soudain, une voix m'a fait sursauter.

— Qu'est-ce que tu fais là, petit ? Je t'avais pourtant dit qu'il ne fallait pas s'approcher de ce bâtiment !

16

L'histoire du sans-abri

Le sans-abri se tenait près de moi, l'air menaçant. Il fronçait les sourcils et ne semblait pas avoir envie de plaisanter. Aussitôt, j'ai entendu Benoît et Simon qui accouraient à ma rescousse.

— Ne lui faites pas de mal, a crié Simon en manquant de trébucher. Nous sommes trois, vous savez !

Le clochard s'est mis à rigoler, tellement qu'il a bien failli s'étouffer.

— Trois, oui… Mais trois drôles d'animaux, vous pouvez me croire ! Ha, ha, ha !

Benoît et Simon se sont placés à mes côtés. Nous faisions front commun contre l'ennemi.

— Alors, les enfants, vous pouvez me dire ce que vous faites ici ? nous a demandé le sans-abri.

— Et vous, qu'est-ce que vous faites là ?

L'homme a souri, il ne devait pas s'attendre à ce qu'on lui tienne tête ! Son visage était boursouflé. Ses cheveux, même s'ils partaient dans tous les sens, avaient l'air propres. Ce n'était sûrement pas un clochard comme les autres !

— C'est ici que je travaille.

Je n'en revenais pas. Le sans-abri travaillait dans l'édifice ultramoderne !

— Ça vous étonne, hein ?

— Si vous travaillez ici, pourquoi nous avez-vous dit, à ma mère et à moi, de ne pas nous approcher de ce bâtiment ? Et puis aussi, qu'est-ce que ça veut dire, « Ils ont eu ma Vicky » ?

J'avais tout raconté. Au moins, notre homme savait désormais à quoi s'en tenir.

— Eh bien, mon garçon, voilà deux questions intéressantes, tu ne trouves pas ?

Sa voix avait changé, elle ne paraissait plus aussi inquiétante qu'au début. Sans nous demander notre avis, il s'est assis par terre en face de nous.

— Je vous propose un marché, si vous le voulez bien. D'abord, je vous raconte mon histoire. Ensuite, vous me racontez la vôtre. D'accord ?

Nous avons tous trois hoché la tête en même temps.

— Bon, voilà une bonne chose.

Il s'est raclé la gorge deux ou trois fois, puis il a commencé son récit.

— Mon nom est Victor, si ça vous intéresse. Victor tout court, j'ai oublié mon nom de famille.

— Vous avez oublié votre…

J'ai donné un coup de coude à Benoît pour qu'il se taise. Ce n'était pas le moment d'interrompre le sans-abri, alors qu'il s'apprêtait peut-être à tout nous révéler !

— Oui, jeune homme, j'ai oublié mon nom

de famille. Je sais que ça peut paraître incroyable, mais c'est comme ça. Et ça peut arriver à n'importe qui, je vous prie de me croire ! Personne n'est à l'abri du malheur…

Il a ravalé sa salive avant de continuer.

— C'est arrivé il y a dix ans, peut-être quinze. Je ne me souviens plus. La chose dont je me souviens, par contre, c'est que j'ai tout perdu en une seule journée. D'abord mon boulot, ensuite ma femme. Et puis aussi ma maison, ma voiture. On croit que ça n'arrive qu'aux autres, mais un jour ça vous tombe dessus. Dans les semaines qui ont suivi, mes amis se sont tous volatilisés, un par un. Plus personne ne me trouvait intéressant !

J'ai jeté un coup d'œil autour de nous. Aucun des passants ne faisait attention à ces trois garçons qui discutaient avec un clochard.

— Malgré tout, il a bien fallu que je continue à vivre ! Je me suis retrouvé dans la rue du jour au lendemain, sans aucune ressource. Et personne à qui parler, c'est ça le pire ! Personne pour vous écouter, vous vous rendez compte ?

Non, je ne me rendais pas compte. Benoît et Simon non plus, car ils paraissaient tout aussi incrédules que moi.

— Alors, j'ai fait comme les autres. Au début, j'ai dormi à la belle étoile dans des parcs, vu que c'était l'été. Puis, l'automne est arrivé, et l'hiver. Il a bien fallu que je me résigne à aller dans des refuges. Vous n'imaginez pas le nombre de gens qu'il y a là-dedans !

Je ne savais même pas ce qu'était qu'un refuge !

— Et puis, le temps a passé. Les jours, les semaines, les années… C'est alors que j'ai fait la connaissance de Vicky.

Ses yeux se sont remplis de larmes.

— Vicky, ma belle Vicky… Nous sommes rapidement devenus inséparables. Enfin, la vie reprenait un sens pour moi ! J'étais de nouveau heureux, vous comprenez ?

Benoît et Simon m'ont regardé, nous ne

savions pas comment réagir. Surtout que le temps filait : nous allions bientôt devoir retourner chez nous. Et le sans-abri ne nous avait toujours pas parlé du bâtiment !

— Qu'est-ce qui lui est arrivé ? ai-je demandé doucement, pour ne pas le brusquer.

Victor a souri, puis il a désigné l'édifice ultramoderne.

— C'est elle qui m'a fait connaître cet endroit, dit-il avec un trémolo dans la voix. Elle me disait : « Viens avec moi, tu verras, c'est de l'argent facile ! » Au début, je ne voulais pas, ça me faisait peur. Mais nous, les sans-abri, nous sommes comme tout le monde : à un moment donné, on a besoin d'argent, sinon on coule à pic. Certains font la manche, d'autres…

Je ne comprenais pas bien, tout ça me paraissait confus. Benoît et Simon fronçaient les sourcils eux aussi.

— Un jour, je me suis décidé, et je l'ai accompagnée. Main dans la main, nous avons franchi la porte que vous avez devant vous…

Nous arrivions au point le plus important, et mon cœur s'est mis à tambouriner dans ma poitrine. Nous allions enfin savoir ce qui se tramait à l'intérieur du bâtiment !

— C'est un laboratoire médical, a-t-il poursuivi. Enfin, c'est ce qu'ils disent. Ça fait plus ou moins partie de l'hôpital, je n'ai jamais réussi à comprendre. On vous donne de l'argent, beaucoup d'argent, si vous acceptez de vous soumettre à des expériences…

C'était donc ça ! Des expériences médicales ! Et Bobby, mon frère, y avait participé au moins une fois ! Simon a dû comprendre en même temps que moi, car il a posé une main sur mon épaule. Victor a poursuivi son histoire.

— Lorsque vous êtes nouveau, ils vous proposent des traitements moins forts, pour vous apprivoiser. Ah ! ils sont malins, vous savez ! Ils appellent ça des phases. J'ai donc commencé par la phase quatre, la moins dangereuse. Et aussi la moins payante, évidemment ! Mais ma Vicky…

Il s'est arrêté un instant pour reprendre ses esprits.

— Mais ma Vicky, elle en était déjà à la phase deux… Et elle voulait passer à la phase un, pour gagner plus d'argent et nous payer un voyage. Vous vous rendez compte ? Un voyage ! J'avais beau lui dire que j'étais très heureux comme ça, elle n'a rien voulu savoir. C'est qu'elle était têtue, ma Vicky…

Je commençais à deviner la suite, mais je n'ai rien dit, pour laisser Victor terminer son histoire.

— Un jour, ils l'ont acceptée pour la phase un. Si vous aviez vu comme elle était heureuse ! Je me suis dit qu'après tout c'était peut-être une bonne chose… Elle est donc arrivée un matin, dans le but d'y rester deux ou trois jours. C'est qu'en phase un ils prennent bien soin de vous, vous savez !

Un mauvais pressentiment a traversé mon esprit, mais je ne voulais pas y croire.

— Le troisième jour, lorsque je suis revenu…

Des larmes coulaient sur ses joues.

— Ils m'ont dit qu'il y avait eu un problème, et que ma Vicky était morte. Morte !

J'ai fermé les yeux, j'aurais voulu être ailleurs.

— Ils ont eu ma Vicky, vous savez ! Ils ont eu ma Vicky !

17

Sur les traces de Bobby

Nous sommes restés un moment sans rien dire. Dans ma tête, tout se mélangeait : Victor, Vicky, Bobby, les expériences médicales…

— Dans ce cas, pourquoi continuez-vous à fréquenter cet endroit ? a demandé Benoît, suspicieux. Moi, à votre place, je ne serais jamais revenu !

Victor a hoché la tête.

— Tu as raison, mon petit. Mais voilà : j'ai encore besoin d'argent ! Et puis, si je venais à mourir, je retrouverais ma Vicky. Ce serait pour moi une délivrance…

La tête entre les mains, il a commencé à sangloter. Je devais passer à l'action, car il ne nous restait plus beaucoup de temps.

— Mon frère est entré dans le laboratoire, lui aussi, hier après-midi. Est-ce que vous l'auriez vu, par hasard ?

Victor a relevé la tête.

— Il ressemble à quoi, ton frère ?

Je n'avais pas de photographie sur moi et je me sentais bien incapable de le décrire. Je me suis contenté de hausser les épaules.

— Tu voudrais savoir s'il se trouve à l'intérieur en ce moment, c'est ça ?

— Oui…

Je me suis jeté à l'eau en lui rapportant l'histoire que Bobby nous avait racontée, les deux ou trois jours qu'il devait passer chez son ami à faire de la peinture, et son départ précipité le matin même.

Victor a paru soucieux.

— Effectivement, la coïncidence est troublante.

Puis, après un instant de réflexion :

— J'ai une idée. C'est quoi, son nom de famille ?

Je le lui ai donné. Ensuite, il s'est levé, et nous l'avons imité tous les trois.

— J'ai une bonne amie à l'intérieur, celle qui me reçoit chaque fois. Je vais lui… Mais laissez-moi faire, je vous expliquerai après. Attendez-moi ici, je n'en ai pas pour longtemps.

Victor s'est éloigné aussitôt, sans même nous laisser le temps de répondre.

— Quelle histoire ! a dit Simon. C'est la première fois que j'entends des choses pareilles. Vous y croyez, vous, à ces expériences médicales ?

— J'y crois, oui, a répondu Benoît.

J'y croyais moi aussi. Dix minutes après, Victor est revenu, l'air grave.

— Alors ? a demandé Simon.

— Alors je ne sais pas, je suis désolé.

— Comment ça, vous ne savez pas ?

— Je ne sais pas, c'est tout. Mon amie n'a pas voulu répondre à mes questions, elle dit que c'est confidentiel. J'ai bien essayé de la pousser un peu, mais rien à faire. Cependant…

J'ai relevé la tête.

— Cependant quoi ?

— Il m'a semblé…

— Parlez, s'il vous plaît !

— Eh bien, il m'a semblé qu'elle me cachait quelque chose, mais je peux me tromper.

Nous n'étions pas plus avancés qu'au départ.

Nous avons serré la main de Victor, il fallait partir. Il était déjà plus de quatre heures.

— Bonne chance avec ton frère, a-t-il crié alors que nous étions déjà loin.

18

Une décision est prise

À peine arrivés chez Simon, nous avons tenu un nouveau conseil de guerre. Il fallait prendre une décision rapidement, mais les avis étaient partagés.

— Pourquoi tu t'inquiètes ? a demandé Benoît. Ton frère est sûrement en train de faire de la peinture en ce moment.

Je n'étais pas convaincu.

— Dans ce cas, comment expliques-tu sa visite au laboratoire hier après-midi ?

— Il est peut-être allé chercher un ami, tout simplement. Ou encore, il s'est trompé de porte !

Simon a haussé les épaules.

— Franchement, ça m'étonnerait ! dit-il. Max, je ne vois qu'une solution.

— Ah oui, laquelle ?

— Tu dois en parler à tes parents. Ils n'auront qu'à appeler l'ami de Bobby pour vérifier si tout va bien. Et si jamais Bobby n'est pas là…

Cette hypothèse ne me réjouissait pas. Et puis, si Bobby était là, il ne manquerait pas de me rabrouer et de me dire de me mêler de mes affaires ! Bref, dans les deux cas, ce n'était pas l'idéal. Mais…

— D'accord, je vais leur parler.

Il le fallait, je n'avais plus le choix. Cependant, je ne voyais pas comment aborder le sujet.

Ma mère est venue me chercher à cinq heures, comme prévu. Je n'ai pas eu le courage de lui parler dans la voiture. J'attendrais le souper.

Le soir, mon père est arrivé en retard du travail, si bien que nous avons dû patienter avant de nous mettre à table.

Ça tombait mal.

J'ai guetté le moment propice pour parler, mais mes parents n'arrêtaient pas de discuter. Pas moyen d'en placer une !

— Qu'est-ce qu'il y a, Max ? a finalement demandé mon père. Tu n'as pas l'air dans ton assiette. Tu n'as rien dit de tout le repas !

Évidemment, comme d'habitude, j'ai rougi.

— Max ?

Il fallait que je me jette à l'eau.

— C'est à cause de Bobby…

Mon père a froncé les sourcils. Ma mère s'est retournée vers moi.

— Quoi, Bobby ?

Mon esprit s'est embrouillé, je ne savais pas par où commencer.

— Eh bien, parle-nous !

— Il faudrait vérifier si Bobby est bien chez son ami, à faire de la peinture…

J'ai rentré la tête dans mes épaules, puis j'ai placé les mains sur mes joues, pour me cacher.

— Qu'est-ce que tu racontes là ? a grondé mon père.

Ma mère lui a fait de gros yeux, pour le calmer.

— Pourquoi Bobby ne serait-il pas chez son ami, Max ? m'a-t-elle demandé.

J'ai retrouvé une partie de mes esprits.

— C'est à cause du laboratoire médical, à côté de l'hôpital. Simon a vu Bobby y entrer.

— Quel laboratoire ?

— Tu sais, le bâtiment que Victor nous a montré, à la sortie des urgences.

— Victor ? !

J'ai bien vu que mes parents ne comprenaient pas.

— Oui, le sans-abri !

Mon père devenait de plus en plus soucieux, mais le visage de ma mère s'est tout à coup illuminé.

— Oui, je me souviens de ce clo… de ce sans-abri, effectivement.

J'ai laissé ma mère expliquer l'histoire à mon père.

— Donc, a-t-elle conclu, Simon a vu Bobby entrer dans ce bâtiment, qui est en fait un laboratoire médical, c'est bien ça ?

— Oui.

— Quand est-ce que ça s'est passé ?

— Hier après-midi.

Mes parents se sont regardés, incrédules. Je ne savais pas s'ils comprenaient, mais au moins mon histoire les intéressait.

— Et pourquoi ça t'inquiète, Max ?

— Parce que c'est un laboratoire d'expériences médicales ! Et parce que Vicky, la copine de Victor, est morte là-bas !

J'étais en sueur, mais au moins j'avais réussi ma mission. Mes parents étaient désormais au courant.

— Tu as discuté avec ce Victor ? m'a demandé ma mère.

J'ai baissé la tête, penaud.

— Oui, cet après-midi.

— Je croyais que tu étais…

Ma mère n'a pas fini sa phrase. Puis, mon père m'a dit d'aller dans ma chambre pour qu'ils puissent discuter.

19

Une nouvelle nuit blanche

L'attente m'a paru interminable. Je les ai enten-
dus parler de longues minutes, puis mon père a
décroché le téléphone. Appelait-il Félix, l'ami de
Bobby ? La police ? L'hôpital ?

Je ne me sentais pas bien. Mes jambes
étaient lourdes et commençaient à trembler,
mon front dégoulinait de sueur. Et si nous nous
étions trompés ? J'allais me faire gronder, c'est
sûr !

Puis, mes parents sont venus me retrouver
dans ma chambre.

— Tu avais raison, Max, a dit mon père.

Je ne savais pas si je devais être content.

— Bobby n'est pas chez Félix, il n'y a jamais eu de projet de peinture. Et Félix ne sait pas où se trouve Bobby.

— Alors, il faut appeler la police !

— C'est ce qu'on a fait. Les policiers seront ici dans une dizaine de minutes. Tu leur expliqueras cette histoire de laboratoire médical, puis nous verrons ce qu'il faut faire.

Une nouvelle fois, la police allait débarquer à la maison pour m'interroger[1].

— Tu promets de dire toute la vérité, Max ?

J'ai hoché la tête.

— Bon, c'est bien. Nous allons nous installer dans le salon.

Je les ai suivis bien sagement.

Quatre policiers sont arrivés, comme l'autre fois. J'ai rougi quand le lieutenant a commencé à me poser des questions.

— Qu'est-ce que c'est, cette histoire de laboratoire médical, Max ?

---

1. Voir *Max et la filature*, deuxième tome de la série.

Je lui ai tout raconté : la première rencontre avec le sans-abri, à la sortie des urgences avec maman ; la filature de Simon, qui a vu Bobby pénétrer dans le laboratoire ; notre surveillance de cet après-midi, avec la rencontre de Victor ; et aussi l'histoire de Vicky, l'amie de Victor, qui est morte là-bas.

— Tu saurais nous montrer ce laboratoire, Max ? m'a demandé le policier.

— Bien sûr.

— Alors, on va y aller tout de suite, a-t-il dit en regardant mes parents. Si vous voulez bien vous préparer… Pendant ce temps, je vais passer un coup de téléphone.

Ma mère est remontée avec moi dans ma chambre et m'a aidé à m'habiller.

— Est-ce qu'on va monter dans une voiture de police, maman ?

— Max ! Tu crois vraiment que c'est ça, le plus important ?

J'ai baissé la tête, puis nous sommes redescendus. Tout le monde nous attendait.

20

Le dénouement

Effectivement, nous sommes montés dans une voiture de police. Je me suis assis à l'arrière, entre mon père et ma mère.

Pendant que nous roulions, nous avons entendu plusieurs messages à la radio, mais je n'ai pas réussi à les comprendre. Il y avait aussi un ordinateur installé à l'avant, entre le siège du conducteur et celui du passager. Un ordinateur comme je n'en avais jamais vu, avec plein de lumières clignotantes !

Les policiers ne m'ont posé aucune question, ils devaient connaître le chemin par cœur. Derrière nous, l'autre voiture de police suivait de près. Aucune des deux n'avait mis la sirène. Dommage !

Nous sommes rapidement arrivés à l'hôpital.

— C'est ce bâtiment-là ? m'a demandé le lieutenant en sortant de la voiture.

Comment avait-il deviné ?

— Oui, vous le connaissez ?

— Max ! s'est exclamé mon père. Contente-toi de répondre aux questions qu'on te pose, d'accord ?

J'ai baissé la tête.

— Ce n'est rien, a répondu le policier. Effectivement, nous le connaissons bien…

Qu'est-ce que ça signifiait ? Je n'en avais pas la moindre idée, mais j'ai senti ma gorge se nouer.

Nous nous sommes mis en marche vers le laboratoire, mais le lieutenant nous a fait signe d'arrêter devant la porte d'entrée.

— Vous allez nous attendre ici, a-t-il ordonné en s'adressant à mes parents. C'est mieux comme ça, dans un premier temps.

Nous avons toutes les informations nécessaires pour opérer. Nous viendrons vous chercher le moment venu, d'accord ?

— Nous comprenons tout à fait, a répondu mon père. Vous pouvez compter sur nous.

Nous avons attendu une demi-heure, en silence, avant qu'on vienne nous chercher. Ma mère était dans un de ces états !

— Suivez-moi, a enfin dit le policier, sans ajouter de précisions.

J'étais à la fois excité et inquiet pour mon frère. Pour la première fois, j'allais pénétrer dans le laboratoire.

Nous avons d'abord traversé une sorte de salle d'attente, dans laquelle il n'y avait personne. Ça ressemblait à l'endroit où j'étais allé avec ma mère pour les analyses de sang et d'urine.

Puis, nous avons franchi une porte vitrée et emprunté un long couloir. De part et d'autre se trouvaient de nombreuses salles avec des lits, des armoires à pharmacie et toutes sortes d'appareils dont je ne connaissais pas la fonction. Un peu comme aux urgences.

— C'est ici, a indiqué le policier. Entrez !

Au milieu de la pièce se dressait un lit. Et dans le lit, il y avait Bobby, immobile.

— Il dort, nous a tout de suite rassurés une infirmière. Ne vous inquiétez pas.

Évidemment qu'on s'inquiétait ! Ma mère a éclaté en sanglots et s'est précipitée vers le lit. Moi, je ne savais pas quoi faire.

— Mais qu'est-ce qui se passe, enfin ? s'est enquis mon père avec une boule dans la gorge. Vous pouvez nous expliquer ?

Alors, le policier s'est mis à parler. Bobby se trouvait ici de son plein gré, pour une expérience médicale rémunérée. Cette expérience était légale, mais Bobby avait menti sur son âge et présenté de faux papiers d'identité. Les expériences menées ici ne pouvaient être réalisées que sur des personnes âgées de dix-huit ans ou plus ; or, mon frère en avait seulement dix-sept. Quelle histoire !

— De quel genre d'expérience s'agit-il ? a demandé ma mère, toujours en pleurs.

— Pour le moment, a répondu le policier, je ne peux pas vous donner plus de détails. L'enquête le déterminera.

— Mais enfin, nous sommes ses parents !

— C'est la procédure, je suis désolé. La seule chose que je peux vous dire est que l'expérience va pouvoir être interrompue, sans que votre fils en garde des séquelles. Pour l'instant, on ne lui a administré aucun des médicaments qu'on voulait tester sur lui. Il s'agissait simplement de la phase préparatoire. Demain, les choses auraient été différentes, a-t-il ajouté en se tournant vers moi. Max vous a prévenus juste à temps.

J'ai rougi, une nouvelle fois.

Soudain, mon frère Bobby s'est réveillé. Il nous a regardés, et ses yeux nous ont lancé de véritables éclairs.

Épilogue

Bobby est rentré à la maison le vendredi soir, après avoir passé une batterie de tests à l'hôpital, à l'endroit même où j'étais allé pour ma colique néphrétique. Mes parents ne l'ont pas puni, mais il a eu droit à tout un sermon !

Quant à Victor, le sans-abri, mes parents ont bien voulu l'inviter à la maison pour le remercier de nous avoir aidés à sauver Bobby. Il était tellement content !

* * *

Le laboratoire médical a été obligé de resserrer ses contrôles d'identité afin que l'aventure de Bobby ne se reproduise pas, avec d'autres jeunes n'ayant pas atteint l'âge légal.

Bobby avait eu connaissance de ces expériences médicales rémunérées par ses amis, qui y avaient eux-mêmes participé. Les laboratoires passent de nombreuses annonces dans les journaux ou encore dans le métro afin de recruter des volontaires.

Les expériences médicales sont aujourd'hui très répandues dans le monde. Elles contribuent aux progrès de la science et de la recherche pharmaceutique.

Certains laboratoires sont privés, alors que d'autres sont reliés à des hôpitaux ou encore à des universités. Ces laboratoires font appel à des cobayes humains, contre de l'argent. La loi varie d'un pays à un autre selon l'éthique qui y prévaut.

La phase un, la plus dangereuse, concerne l'expérimentation de médicaments n'ayant jamais été testés sur des humains, seulement sur des animaux. Les indemnités peuvent aller jusqu'à plusieurs milliers de dollars.

La phase quatre, la plus répandue, consiste à valider les effets secondaires de médicaments déjà présents sur le marché.

Table des matières

CRÉDITS ET REMERCIEMENTS

Les Éditions du Boréal reconnaissent l'aide financière
du gouvernement du Canada par l'entremise du Fonds du livre
du Canada (FLC) pour leurs activités d'édition et remercient
le Conseil des Arts du Canada pour son soutien financier.

Les Éditions du Boréal sont inscrites au Programme d'aide
aux entreprises du livre et de l'édition spécialisée de la SODEC
et bénéficient du Programme de crédit d'impôt pour l'édition
de livres du gouvernement du Québec.

Illustrations de la couverture et de l'intérieur : Rémy Simard

EXTRAIT DU CATALOGUE

Ce livre a été imprimé sur du papier 100 % postconsommation,
traité sans chlore, certifié ÉcoLogo
et fabriqué dans une usine fonctionnant au biogaz.

MISE EN PAGES ET TYPOGRAPHIE :
LES ÉDITIONS DU BORÉAL

ACHEVÉ D'IMPRIMER EN OCTOBRE 2011
SUR LES PRESSES DE MARQUIS IMPRIMEUR
À CAP-SAINT-IGNACE (QUÉBEC).